韋蘇州詩集

卷六

有所思

借問堤（一作江）上柳，青青爲誰春。空遊昨日地，不見昨日人。繚繞萬家井，往來車馬塵。莫道無相識，要非心所親。

暮相思

朝出自不還，暮歸花盡發。豈無終日會，惜此花間月。空館忽相思，微鐘坐來（一作未）歇。

夏夜憶盧嵩

靄靄高館暮，開軒滌煩襟。不知湘雨來，瀟灑在幽林（一云不知微蕭灑，山鳥鳴幽林）。炎月得涼夜，芳樽誰與斟。故人南北居，累月間徽音。人生無閑日，歡會當在今。反側候天旦，層城苦沈沈。

春思

野花如雪繞江城，坐見年芳憶帝京。闤闠曉開凝碧樹，曾陪鴛鷺聽流鶯。

春中憶元二

雨歇萬井春，柔條已含綠。徘徊洛陽陌，惆悵杜陵曲。遊絲正高下，啼鳥還斷續。有酒今不同，思君瑩如玉。

懷素友子西

廣陌並遊騎，公堂接華襟。方歡遽見別，永日獨沈吟。階暝流暗馳，氣疎露已侵。層城湛深夜，片月生幽林。往款良未遂，來覿曠無音。恒當清觴宴，思子玉山岑。耿耿何

以寫密言空委心

對韓少尹所贈硯有懷

故人謫遐遠留硯寵斯文白水浮香墨清池滿夏雲念離心已永感物思徒紛未有桂陽使裁書一報君

月晦憶去年與親友曲水遊讌

晦賞念前歲京國結良儔騎出宣平里飲對曲池流今朝隔天末空園傷獨遊雨歇林光變塘綠鳥聲幽凋眄積逋稅華鬢集新秋誰言戀虎符終當還舊丘

清明日憶諸弟

冷食方多病開襟一忻然終令思故郡煙火滿晴川杏粥猶堪食榆羹已稍煎唯恨乖親燕坐度此芳年

池上懷王卿

幽居捐世事佳雨散園芳入門靄已綠水禽鳴春塘重雲始成夕忽霽尚殘陽輕舟因風泛郡閣望蒼蒼私燕阻外好臨歡一停觴茲遊無時盡旭日願相將

立夏日憶京師諸弟

改序念芳辰煩襟倦日永夏木已成陰公門晝恒靜長風始飄閣疊雲纔吐嶺坐想離居人還當惜徂(一作光)景

曉至園中憶諸弟崔都水

山郭恒悄悄林月亦娟娟景清神已澄(一作謐)事簡慮絕牽秋塘徧衰草曉露洗紅蓮不見心所愛茲賞豈為妍

懷瑯琊深標二釋子

白雲埋大壑陰崖滴夜泉應居西石室月照山蒼然

雨夜感懷

微雨灑高林塵埃自蕭散耿耿心未平沈沈夜方半獨驚長簟冷遽覺愁鬢換誰能當此夕不有盈襟歎

雲陽館懷谷口

清泚階下流云自谷口源念昔白衣士結廬在石門道高杳無累景靜得忘言山夕綠陰滿世移清賞存吏役豈遑暇幽懷復朝昏雲泉非所濯蘿月不可援長往遂眞性暫遊恨卑喧出身既事世高躅難等論

憶灃上幽居

一來當復去猶此厭樊籠況我林栖子朝服坐南宮唯獨問啼鳥還如灃水東

重九登滁城樓憶前歲九日歸灃上赴崔都水及諸弟讌集悽然懷舊

今日重九讌去歲在京師聊廻出省步一赴郊園期嘉節始云邁周辰已及茲秋山滿清景當賞屬乖離凋散民里闊摧翳衆木衰樓中一長嘯惻愴起涼颸

始夏南園思舊里

夏首雲物變雨餘草木繁池荷初帖水林花已掃園縈叢蝶尚亂依閣鳥猶喧對此殘芳月憶在漢陵原

登蒲塘驛沿路見泉谷邨墅忽想京師舊居追懷昔年

青山導騎遶春風行旆舒均徭視屬城問疾躬里閭煙水依泉谷川陸散樵漁忽念故園日復憶驪山居荏苒斑鬢及夢寢婚宦初不覺平生事咄嗟二紀餘存歿闊已永悲多歡自踈高秩非爲美闌干淚盈裾

經函谷關

洪河絕山根單軌出其側萬古爲要樞往來何時息秦皇旣恃險海内被吞食及嗣同覆顛咽喉莫能塞炎靈詎西駕婁子非經國徒欲扼諸侯不知恢至德聖朝及天寶豺虎起東北下沈戰死魂上結窮冤色古今雖共守成敗良可識藩屏無俊賢金湯獨何力馳車一登眺感慨中自惻

經武功舊宅

玆邑昔所遊嘉會常在目歷載俄二九始往今來復感感居人少茫茫野田綠風雨經舊墟毀垣迷往躅門臨川流駛樹有羈雌宿多累恒悲往長年覺時速欲去中復留徘徊一作彷徨結心曲

往雲門郊居塗經迴流作

玆晨乃休暇適往田家廬原谷徑塗澀春陽草木敷纔遵板橋曲復此清澗紆崩壑方見射迴流忽已舒明滅泛孤景杳靄含夕虛無將爲邑志一酌澄波餘

乘月過西郊渡

遠山含紫氛春野靄云暮値此歸時月留連西澗渡謬

當文墨會得與羣英遇賞逐亂流翻心將清景悟行車儼未轉芳草空盈步已舉候亭火猶愛村原樹還當守故扃悵恨秉幽素

晚歸灃川

凌霧朝閶闔落日返清川簪組方暫解臨水一翛然昆弟忻來集童稚滿眼前適意在無事攜手望秋田南嶺橫爽氣高林繞遙阡野廬不鋤理翳翳起荒煙名秩斯逾分廉退媿不全已想平門路晨騎復言旋

授衣還田里

公門懸甲令澣濯遂其私晨起懷愴恨野田寒露時氣收天地廣風凄草木衰山明始重疊川淺更逶迤煙火生閭里禾黍積東菑終然可樂業時節一來斯

夕次盱眙縣

落帆逗（一作逶）淮鎮停舫臨孤驛浩浩風起波冥冥日沈夕人歸山郭暗雁下蘆洲白獨夜憶秦關聽鐘未眠客

春月觀省屬城始憩東西林精舍

因時省風俗布惠迨高年建隼出潯陽整駕遊山川白雲斂晴壑羣峰列遙天嶔崎石門狀杳靄香爐烟榛荒屢罥罣偪側殆覆顛方臻釋氏廬時物屢華妍曇遠昔經始於茲閟幽玄東西竹林寺灌注寒澗泉人事旣云泯歲月復已綿殿宇餘丹紺磴閣峭攲懸佳士亦棲息善身絕塵緣今我蒙朝寄教化敷里鄽道妙苟爲得出

處理無偏心當同所尚跡豈辭纏牽

自蒲塘驛迴駕經歷山水

館宿風雨滯始晴行蓋轉潯陽山水多草木俱紛衍崎嶇緣碧澗蒼翠踐苔蘚高樹夾潺湲崩石橫陰巘野杏依寒拆餘雲冒嵐淺性愜形豈勞境殊路遺緬憶昔終南下佳遊亦屢展時禽下流暮紛思何由遣

山行積雨歸途始霽

攬轡窮登降陰雨遘二旬但見白雲合不睹巖中春急澗豈易揭峻塗良難遵深林猿聲冷沮洳虎跡新始霽升陽景山水閲清晨雜花積如霧百卉萋已陳鳴騶屢驤首歸路自忻忻

傷逝 此後十九首盡同德精舍舊居傷懷時所作

染白一爲黑焚木盡成灰念我室中人逝去亦不迴結髮二十載賓敬如始來提攜屬時屯契闊憂患災柔素亮爲表禮章夙所該仕公不及私百事委令才一旦入閨門四屋滿塵埃斯人既已矣觸物但傷摧單居移時節泣涕撫嬰孩知妄謂當遣臨感要難裁夢想忽如睹驚起復徘徊此心良無已遶屋生蒿萊

往富平傷懷

晨起淩嚴霜慟哭臨素帷駕言百里塗惻愴復何爲昨者仕公府屬城常載馳出門無所憂返室亦熙熙今者掩筠扉但聞童稚悲丈夫須出入顧爾内無依銜恨已

酸骨何況苦寒時單車路蕭條迴首長逶遲飄風忽截野嘹唳雁起飛昔時同往路獨往今詎知

出還

昔出喜還家今還獨傷意入室掩無光銜哀寫虛位悽悽動幽幔寂寂驚寒吹幼女復何知時來庭下戲咨嗟日復老錯莫身如寄家人勸我飡對案空垂淚

冬夜

杳杳日云夕鬱結誰爲開單衾自不暖霜霰已皚皚晚歲淪夙志驚鴻感深哀深哀當何爲桃李忽凋摧幃帳徒自設冥寞豈復來平生雖恩重遷去託窮埃抱此女曹恨顧非高世才振衣中夜起河漢尚裴回

送終

奄忽逾時節日月獲其良蕭蕭車馬悲祖載發中堂生平同此居一旦異存亡斯須亦何益終復委山岡行出國南門南望鬱蒼蒼日入乃云造慟哭宿風霜晨遷俯玄廬臨訣但遑遑方當永潛翳仰視白日光俯仰遽終畢封樹已荒凉獨留不得還欲去結中腸童稚知所失啼號捉我裳卽事猶倉卒歲月始難忘

除日

思懷耿如昨季月已云暮忽驚年復新獨恨人成故冰池始泮綠梅援一作稍還飄素淑景方轉延朝朝自難度

對芳樹

迢迢芳園樹列映清池曲對此傷人心還如故時綠風條灑餘靄露葉承新旭佳人不再攀下有往來躅

月夜

皓月流春城華露積芳草坐念綺窗空翻傷清景好清景終若斯傷多人自老

歎楊花

空蒙不自定況值暄風度舊賞逐流年新愁忽盈素纔縈下苑曲稍滿東城路人意有悲歡時芳獨如故

過昭國里故第

不復見故人一來過故宅物變知景暄心傷覺時寂池荒野筠合庭綠幽草積風散花意謝鳥還一作啼山光夕宿昔方同賞詎知今念昔緘室在東廂遺器不忍覿柔翰全分意芳巾尚染澤殘工委筐篋餘素經刀尺收此還我家將還復愁惕永絕攜手歡空存舊行迹冥冥獨無語杳杳將何適唯思今古同時緩傷與戚

夏日

已謂心苦傷如何日方永無人不晝寢獨坐山中靜悟澹將遣慮學空庶遺境積俗易爲侵愁來復難整

端居感懷

沈沈積素抱婉婉屬之子永日獨無言忽驚振衣起方如在幃室復悟永終已稚子傷恩絕盛時若流水暄涼同寡趣朗晦俱無理寂性常喻人滯情今在已空房欲

云暮巢燕亦來止夏木遽成陰綠苔誰復履感至竟何
方幽獨長如此

悲紈扇

非關秋節至詎是恩情改掩嚬人已無委篋涼空在何
言永不發暗使銷光彩

閑齋對雨

幽獨自盈抱陰淡亦連朝空齋對高樹疎雨共蕭條巢
燕翻泥濕蕙花依砌消端居念往事倏忽苦驚飈

林園晚霽

雨歇見青山落日照林園山多（一作夕）煙鳥亂林清風景翻
提攜唯子弟蕭散在琴言（一作尊）同遊不同意耿耿獨傷魂

寂寞鐘已盡如何還入門

秋夜二首

庭樹轉蕭蕭陰蟲還戚戚獨向高齋眠夜聞寒雨滴微
風時動牖殘燈尚留壁惆悵平生懷偏來委今夕
霜露已淒淒星漢復昭回朔風中夜起驚鴻千里來蕭
條涼葉下寂寞清砧哀歲晏仰空宇心事若寒灰

感夢

歲月轉蕪漫形影長寂寥髣髴覯微夢感嘆起中宵綿
思靄流月驚魂颯迴飈誰念茲夕永坐令顏鬢凋

同德精舍舊居傷懷

洛京十載別東林訪舊扉山河不可望存沒意多違時

遷跡尚在同去獨來歸還見窗中鴿日暮遶庭飛

悲故交

白壁衆求瑕素絲易成汙萬里顛沛還高堂已長暮積憤方盈抱纏哀忽逾度念子從此終黄泉竟誰訴一爲時事感豈獨平生故唯見荒丘原野草塗朝露

張彭州前與緱氏馮少府各惠寄一篇多故未答張已云没因追哀叙事兼遠簡馮生

君昔掌文翰西垣復石渠朱衣乘白馬輝光照里閭余時忝南省接讌媿空虛一别守兹郡蹉跎歲再除長懷關河表永日簡牘餘郡中有方塘凉閣對紅蕖金玉蒙遠貺篇詠見吹嘘未答平生意已没九原居秋風吹寢門長慟涕連如覆視緘中字奄爲昔人書髮鬢已云白交友日彫疎馮生遠同恨憔悴在田廬

東林精舍見故殿中鄭侍御題詩追舊書情涕泗横集因寄呈閻澧州馮少府

仲月景氣佳東林一登歷中有故人詩淒凉在高壁精思長懸（一作懷）世音容已歸寂墨澤傳灑餘磨滅親翰跡平生忽如夢百事皆成昔結騎京華年揮文篋笥積朝廷重英彦時輩分珪璧永謝柏梁陪獨闕金門籍方嬰存殁感豈暇林泉適雨餘山景寒風散花光夕新知雖滿堂故情誰能覿唯當同時友緘寄空悽感

同李二過亡友鄭子故第（李與之故非予所識）

客車名未滅沒世恨應長斜月知何照幽林判自芳故人驚逝水寒雀噪空牆不是平生舊遺蹤要可傷

話舊 亭中對兄姊話蘭陵宗賢懷真已來故事泫然而作

存亡三十載事過悉成空不惜霑衣淚併話一宵中

至開化里壽春公故宅

寧知府中吏故宅一徘徊歷階存往敬瞻位泣餘哀廢井沒荒草陰牖生綠苔門前車馬散非復昔時來

睢陽感懷

豺虎犯天綱昇平無內備長驅陰山卒略踐三河地張侯本忠烈濟世有深智堅辟梁宋間遠籌吳楚利窮年方絕輸鄰援皆攜貳使者哭其庭救兵終不至重圍雖可越藩翰諒難弃飢喉待危巢懸命中路墜甘從鋒刃斃莫奪堅貞志宿將降賊庭儒生獨全義空城唯白骨同往無賤貴哀哉豈獨今千載當歔欷

廣德中洛陽作

生長太平日不知太平歡今還洛陽中感此方苦酸飲藥本攻病毒腸翻自殘王師涉河洛玉石俱不完時節屢遷斥山河長鬱盤蕭條孤煙絕日入空城寒蹇劣乏高步緝遺守微官西懷咸陽道躑躅心不安

閶門懷古

獨鳥下高樹遙知吳苑園淒涼千古事日暮倚閶門

感事

霜雪皎素絲何意墜墨池青蒼猶可濯黑色不可移女工再三嘆委弃當此時歲寒雖無褐機杼誰肯施

感鏡

鑄鏡廣陵市菱花匣中發夙昔嘗許人鏡成人已没如冰結圓器類璧無絲髮形影終不臨清光殊不歇一感平生言松枝樹（一作挂）秋月

歎白髮

還同一葉落對此孤鏡曉絲縷乍難分楊花復相遶時役人易衰吾年白猶少

卷七

登高望洛城作

高臺造雲端遐瞰周四垠雄都定鼎地勢據萬國尊河岳出雲雨土圭酌乾坤舟通一作盈南越貢城背北邙原帝宅夾清洛丹霞捧朝暾葱蘢瑶臺榭窈窱雙闕門十載構屯難兵戈若一作久雲屯膏腴滿榛蕪比屋空毁垣聖主乃東眷俾賢拯元元熙熙居守化泛泛太府恩至損當一作方受益苦寒必生溫平明四城開稍見市井喧坐感理亂迹永懷經濟言吾生自不達空鳥何翩翻天高水流遠日晏城郭昏喪回訖旦夕聊用寫憂煩

同德寺閣集眺

芳節欲云晏遊遨樂相從高閣照丹霞飀飀含遠風寂寥氛氳廓超忽神慮空旭日霽皇州岧嶤見兩宮嵩少多秀色羣山莫與崇三川浩東注灃澗亦來同陰陽降大和宇宙得其中舟車滿川陸四國靡不通舊堵今旣葺庶甿亦已豐周覽思自奮行當遇時邕

登寶意寺上方舊遊寺在武功曾居此寺

翠嶺香臺出半天萬家煙樹滿晴川諸僧近住不相識坐聽微一作岩鐘記往年

登樂遊廟作

高原出東城鬱鬱見咸陽上有千載事乃自漢宣皇頽

壖久凌遲陳迹翳丘荒春草雖復綠驚風但飄揚周覽
京城內雙闕起中央微鐘何處來暮色忽蒼蒼歌吹喧
萬井車馬塞康莊昔人豈不爾百世同一傷（一作場）歸當守
冲漠跡寓心自忘

登西南岡卜居遇雨尋竹浪至灃壖縈帶數里

清流茂樹雲物可賞

登高創危構林表見川流微雨颯已至蕭條川氣秋下
尋密竹盡忽曠沙際遊紆曲（一作直）水分野綿延稼盈疇寒
花明廢墟樵牧笑榛丘雲水成（一作文）陰澹竹樹更清幽適
自戀佳賞（一作愜心賞又一作幽賞）復茲永日留

灃上與幼遐月夜登西岡翫花

置酒臨高隅佳人自城闕已翫滿川花還看滿川月花
月方浩然賞心何由歇

臺上遲客

高臺一悄（一作聊）望遠樹間朝暉但見東西騎坐（一作端）令心賞
違始霽郊原綠暮春啼鳥稀徒然對芳物何能獨醉歸

登樓

茲樓日登眺流歲暗蹉跎坐厭淮南守秋山紅樹多

善福寺閣

殘霞照高閣青山出遠林晴明一登望瀟灑此幽襟

樓中月夜

端令倚懸檻長望抱沈憂寧知故園月今夕在茲樓衰

蓮送餘馥華露湛新秋坐見蒼林變清輝愴已休（一作收）

寒食後北樓作

園林過新節風花亂高閣遥聞擊鼓聲蹴鞠軍中樂

西樓

高閣一長望故園何日歸煙塵擁（一作在）函谷秋雁過來稀

夜望

南樓夜已寂暗鳥動林間不見城郭事沈沈唯四山

晚登郡閣

悵然高閣望已掩東城關春風偏送柳夜景欲沈山

登重玄寺閣

時暇陟雲構晨霽澄景光始見吴都（一作郡）大十里鬱蒼蒼山川表明麗湖海吞大荒合沓臻水陸駢闐會四方俗繁節又喧雨順物亦康禽魚各翔泳草木遍芬芳於兹省甿俗一用勸農桑誠知虎符忝但恨歸路長

觀早朝

伐鼓通嚴城車馬溢廣躔煌煌列明燭朝服照華鮮金門杳深沈尚聽清漏傳河漢忽已没司閽啟晨關丹殿據龍首崔嵬對南山寒生千門裏日照雙闕間禁旅下成列爐香起中天輝輝覩明聖濟濟行（音航）俊賢愧無鴛鷺姿短翮空飛還誰當假毛羽雲路相追攀

陪元侍御春遊

何處醉春風長安西復東不因俱罷職豈得此時同貰

酒宣平里尋芳下苑中往來楊柳陌猶避昔年驄

遊龍門香山泉

山水本自佳遊人已忘慮碧泉更幽絕賞愛未（一作不）能去潺湲寫幽磴繚繞帶（一作對）嘉樹激轉忽殊流歸泓又同注羽觴自成（一作伐）翫永日亦延趣靈草有時香仙（一作山）源不知處還當候圓月攜手重遊寓

龍門遊眺

鑿山導伊流中斷若天闢都門遙相望佳氣生朝夕素懷出塵意適有攜手客精舍繞（一作繚）層阿千龕鄰（一作鱗）峭壁緣雲路猶緬憩澗鐘已寂花樹發煙華淙流散石脈長嘯招遠風臨潭漱金碧日落望都城人間何役役（一作裵回悵還駕城闕多物役）

洛都遊寓

東風日已和元化亮無私草木同時植生條有高卑罷官守園廬豈不懷渴飢窮通非所干跼促當何爲佳辰幸可遊親友亦相追朝從華林宴暮返東城期掇英出蘭皐翫月步川坻軒冕誠可慕所憂在縶維

再遊龍門懷舊侶（嘗與竇黃州洛陽韓丞灞池李丞寄鄭二尉同遊）

兩山鬱相對晨策方上干靄靄眺都城悠悠俯清瀾邈矣二三子茲焉屢遊盤良時忽已周獨往念前歡好鳥始云至衆芳亦未闌遇物豈殊昔慨傷自有端

莊嚴精舍遊集

良遊因時暇，乃在西南隅。綠煙凝層城，豐草滿通衢。精舍何崇曠，煩跼一弘舒。架虹施廣蔭，構雲眺八區。郎此塵境遠，忽聞幽鳥殊。新林（一作秋）泛景光，叢綠含露濡。永日亮難遂，平生少歡娛。誰能遽還歸，幸與（一作得）高士俱。

府舍月遊

官舍（一作寺）耿深夜，佳月喜同遊。橫河俱半落，泛露忽驚秋。散彩疎羣樹，分規澄素流。心期與浩景，蒼蒼殊未收。

任鄠令渼陂遊眺

野水灩長塘，煙花亂晴日。氤氳綠樹多，蒼翠千山出。遊魚時可見，新荷尚未密。屢往心獨閑，恨無理人術。

西郊遊矚

東風散餘沍，陂水淡已綠（一本作淥）。煙芳何處尋，杳藹春山曲。新禽哢暄節，晴光泛嘉木。一與諸君遊，華觴忻見屬。

再遊西郊渡

水曲一追遊，遊人重懷戀。嬋娟昨夜月，還向波中見。驚禽棲不定，流芳寒未徧。攜手更何時，佇看花似霰。

月溪與幼遐君貺同遊（時二子還城）

岸篠覆迴溪，迴溪曲如月。沈沈水容綠，寂寂流鶯（一作鶯初）歇。淺石方凌亂，遊禽時出沒。半雨夕陽霏，緣源雜花發。明晨重來此，同心應已闕。

與幼遐君貺兄弟同遊白家竹潭

清賞非素期，偶遊方自得。前登絕嶺險，下視深潭黑。密

竹已成暮歸雲殊未極春鳥依谷暄紫蘭含幽色已將芳景遇復款平生憶終念一歡别臨風還默默

秋夕西齋與僧神靜遊

晨登西齋望不覺至夕曛正當秋夏交原野起煙氛坐聽涼飈舉華月稍披雲漠漠山猶隱灩灩川始分物幽夜更殊境靜興彌臻息機非傲世干時乏嘉聞究空自爲理況與釋子羣

觀田家

微雨衆卉新一雷驚蟄始田家幾日閑耕種從此起丁壯俱在野場圃亦就理歸來景常晏飲犢西澗水飢劬不自苦膏澤且爲喜倉廩無宿儲徭役猶未已方慙不耕者祿食出閭里

園亭覽物

積雨時物變夏綠滿園新殘花已落實高笋半成筠守此幽棲地自是忘機人

觀灃水漲

夏雨萬谿湊灃漲（一作流）暮渾渾草木盈川谷澶漫一平呑槎梗方彌泛濤沫亦洪翻北來注涇渭所過無安源雲嶺同昏黑觀望悸心魂舟人空斂棹風波正自奔

陪王卿郎中遊南池

鵷鴻俱失侶同爲此地遊露浥荷花氣風散柳園秋煙草凝衰嶼星漢泛歸流林高初上月塘深未轉舟清言

屢往復華樽始獻酬終憶秦川賞端坐起離憂

南園陪王卿遊矚

形跡雖拘檢世事澹無心郡中多山水日夕聽幽禽几閣文墨暇園林春景深雜花芳意散綠池暮色沈君子有高躅相攜在幽尋一酌何爲貴可以寫冲襟

遊西山

時事方擾擾幽賞獨悠悠弄泉朝涉澗采石夜歸州揮翰題蒼峭下馬歷嵌丘所愛唯山水到此即淹留

春遊南亭

川明氣已變巖寒雲尚擁南亭草心綠春塘泉脈動景煦聽禽響雨餘看柳重逍遥池館華益媿專城寵

再遊西山

南譙古山郡信是高人居自歎乏弘量終朝親簿書於時忽命駕秋野正蕭疎積逋誠待責尋山亦有餘測測石泉冷曖曖煙谷虛中有釋門子種果一作藥結茅廬出身厭名利遇境即躊躇守直雖多忤視險方晏如况將塵埃外襟抱從此舒

遊靈巖寺

始入松路永獨忻山寺幽不知臨絕檻乃見西江流吳岫分煙景楚甸散林丘方悟關塞眇重軫故園愁聞鐘戒歸騎憩澗惜良遊地疎泉谷狹春深草木稠茲焉賞未極清景一作澹期杪秋

與盧陟同遊永定寺北池僧齋

密竹行已遠子規啼更深綠池芳草氣閑齋春樹陰晴蝶飄蘭逕遊蜂遶花心不遇君攜手誰復此幽尋

遊溪

野水煙鶴唳楚天雲雨空翫舟清景晚垂釣綠蒲中落花飄旅衣歸流澹清風緣源不可極遠樹但青葱

遊開元精舍

夏衣始輕體遊步愛僧居果園新雨後香臺照日初綠陰生晝靜（一作寂）孤花表春餘符竹方爲累形跡一來疎

襄武館遊眺

州民知禮讓訟簡得遨遊高亭憑古地山川當暮秋是時秔稻熟西望盡田（一作平）疇仰恩慙政拙念勞喜歲收澹泊風景晏繚繞雲樹幽節往情惻惻天高思悠悠嘉賞幸雲集芳罇始淹留還希習池賞（一作還喜曲池濱）聊以駐鳴騶

秋景詣瑯琊精舍

屢訪塵外跡未窮幽賞情高秋天景遠始見山水清上陟巖殿憩暮看雲壑平蒼茫寒色起迢遞晚鐘鳴意有清夜戀身爲符守嬰悟言（一作方愛）緇衣子蕭灑中林行

同韓郎中閑庭南望秋景

朝下抱餘素地高心本閑如何趨府客罷秩見秋山疎樹共寒意遊禽同暮還因君悟清景西望一開顏

慈恩精舍南池作

清境豈云遠炎氛忽如遺重門布綠陰菡萏滿廣池石髮散清淺林光動漣漪緣崖摘紫房扣檻集靈龜浥浥餘露氣馥馥幽襟披積喧忻物曠躭玩覺景馳明晨復趨府幽賞當反思

雨夜宿清都觀

靈飈動閶闔微雨灑瑤林復此新秋夜高閣正沈沈曠歲恨殊跡茲夕一披襟洞戶含涼氣網軒構層陰況自展良友芳罇遂盈斟適悟委前妄清言怡道心豈戀腰間綬如彼籠中禽

善福精舍秋夜遲諸君

廣庭獨閑步夜色方湛然丹閣已排雲皓月更（一作正）高懸繁露降秋節蒼林鬱芊芊仰觀天氣涼高詠古人篇撫已亮無庸結交賴羣賢屬予翹思時方子中夜眠相去隔城闕佳期屢徂（一作阻）遷如何日夕待見月三四圓

東郊

吏舍跼終年出郊曠清曙楊柳散和風青山澹吾慮依叢適自憩緣澗還復去微雨靄芳原春鳩鳴何處樂幽心屢止遵事跡猶遽終罷斯（一作期）結廬慕陶真可庶

秋郊作

清露澄境遠旭日照林初一望秋山淨蕭條形迹疎登原忻時稼采菊行故墟方願沮溺耦淡泊守田廬

行寬禪師院

北望極長廊斜扉映一作掩叢竹亭午一來尋院幽僧亦獨唯聞山鳥啼愛此林下宿

神靜師院

青苔幽巷徧新林露氣微經聲在深竹高齋獨掩扉憩樹夔嵐嶺聽禽悦朝暉方耽靜中趣自與塵事違

精舍納凉

山景寂已晦野寺變蒼蒼夕風吹高殿露葉散林光清鐘始戒夜幽禽尚歸翔誰復掩扉卧不詠南軒凉

藍嶺精舍

石壁精舍高排雲聊直上佳遊愜始願忘險得前賞崖傾景方晦谷轉川如掌綠林含蕭條飛閣起弘敞道人上方至深夜還獨往日落羣山陰天秋百泉響所嗟累

已成安得長偃仰

道晏寺主院

北鄰有幽竹潛筠穿我廬往來地已密心樂道者居殘花迴往節輕條蔭夏初聞鐘北䆫起嘯傲永日餘

義演法師西齋

結茅臨絶岍隔水聞清磬山水曠蕭條登臨散情性稍指緣原騎還尋汲澗逕長嘯倚亭樹悵然川光暝

澄秀上座院

繚繞西南隅鳥聲轉幽靜秀公今不在獨禮高僧影林下器未收何人適煮茗

至西峯蘭若受田婦饋

攀崖復緣澗遂造幽人居鳥鳴泉谷暖土起萌甲舒聊登石樓憩下翫潭中魚田婦有嘉獻潑撒新歲餘常怪投錢飲事與賢達疎今我何爲答鰥寡欲焉如

曇智禪師院

高年不復出門徑一作援衆草生時夏方新雨果藥發餘榮踈澹下林景流暮幽禽情身名兩俱遣獨此野寺行

起度律師同居東齋院

釋子喜相偶幽林俱避喧安居同僧夏清夜諷道言對閣景恒晏步庭陰始繁逍遙無一事松風入南軒

遊瑯琊山寺

受命恤人隱茲遊久未遑鳴騶響幽澗一作谷前旌耀崇岡青冥臺砌寒綠縟草木香塡壑躋花界疊石構雲房經製隨巖轉繚繞豈定方新泉泄陰壁高蘿蔭綠塘攀林一棲止飲水得清涼物累誠可遣疲甿終未忘還歸坐郡閣但見山蒼蒼

同越瑯琊山趙氏生辟彊

石門有雪無行跡松壑凝烟滿衆香餘食施庭寒鳥下破衣掛樹老僧亡

詣西山深師

曹溪舊弟子何緣住此山世有征戰事心將流水閑埽林驅虎出宴坐一林間藩守寧爲重擁騎造雲關

尋簡寂觀瀑布

躡石欹危過急澗攀崖迢遞弄懸泉猶将虎竹爲身累欲付歸人絶世緣

簡寂觀西澗瀑布下作

淙(一作深)流絶壁散虚煙翠澗深叢際松風起飄來灑塵襟窺蘿翫猿鳥解組傲雲林茶果邀眞侶觴酌洽同心曠歲懷茲賞行春始重尋聊将橫吹笛一寫山水音

遊南齋

池上鳴佳禽僧齋日幽寂高林晚露清紅藥無人摘春水不生煙荒岡筠翳石不應朝夕遊良爲蹉跎客

南園

清露夏天曉荒園野氣通水禽遥泛雪池蓮迥披紅幽林詎知暑環舟似不窮頓灑塵喧意長嘯滿襟風

西亭

亭宇麗朝景簾牖散暄風小山初構石珍樹正然紅弱藤已扶樹(一作援)幽蘭欲成叢芳心幸如此佳人時不同

夏景園廬

羣木晝陰靜北牕涼氣多閑居逾時節夏雲已嵯峨搴葉愛繁緑緣澗弄驚波豈爲論夙志對此青山阿

夏至避暑北池

晝晷已云極宵漏自此長未及施政教所憂變炎涼公門日多暇是月農稍忙高居念田里苦熱安可當亭午

息羣物獨遊愛方塘門閉陰寂寂城高樹蒼蒼綠筠尚含粉圓荷始散芳於焉灑煩抱可以對華觴

題從姪成緒西林精舍書齋

棲身齒一作始多暮息心君獨少慕謝始精文依僧欲觀妙冽泉前揩注清池北窗照果藥雜芬敷松筠疎蒨峭屢躋幽人境每肆芳辰眺採栗玄猿窟擷芝丹林嶠紵衣豈寒禦蔬食非飢療雖甘巷北單一作簞豈塞青紫耀郡有優賢榻朝編貢士詔欲同一作求朱輪載勿憚移文誚

題鄭弘憲侍御遺愛草堂

居士近依僧青山結茅屋疎松映嵐晚春池含苔綠繁華冒陽嶺新禽響幽谷長嘯攀喬林慕茲高世躅

同元錫題琅琊寺

適從郡邑喧又茲三伏熱山中清景多石罅寒泉潔花香天界事松竹人間別殿分嵐嶺明磴臨懸一作玄壑絕昏旭窮陟降幽顯盡披閱嶔一作嶺駭風雨區寒知龍蛇穴情虛澹泊生境寂塵妄滅經世豈非道無爲厭車一作歸轍

題鄭拾遺草堂

借地結茅棟橫竹掛朝衣秋園雨中綠幽居塵事違陰一作京井夕蟲亂高林霜果稀子有白雲意構此想巖扉

韋蘇州詩集

卷八

詠玉

乾坤有精物至寶無文章雕琢爲世器眞性一朝傷

詠露珠

秋荷一滴露清夜墜玄天將來玉盤上不定始知圓

詠水精

映物隨顔色含空無表裏持來向明月的皪愁成水

詠珊瑚

絳樹無花葉非石亦非瓊世人何處得蓬萊石上生

詠瑠璃

有色同寒冰無物隔纖塵象筵看不見堪將對玉人

詠琥珀

曾爲老茯神本是寒松液蚊蚋落其中千年猶可覿

詠曉

軍中始吹角城上河初落深沈猶隱帷晃朗先分閣

詠夜

明從何處去暗從何處來但覺年年老半是此中催

詠聲

萬物自生（一作此）聽太空恒寂寥還從（一作應）靜中起却向靜中消

任洛陽丞請告一首

方鑿不受圓直木不爲輪揆材各有用反性生苦辛折腰非吾事飲水非吾貧休告卧空館養疴絶囂塵遊魚自成族野鳥亦有羣家園杜陵下千歲心氛氳天晴嵩山高雪後河洛春喬木猶未芳百草日已新著書復何爲當去東皋耘

縣齋

仲春時景好草木漸舒榮公門且無事微雨園林清淒淒水泉動忻忻衆鳥鳴閑齋始延矚東作興庶甿即事翫文墨抱沖披道經於焉日淡泊徒使芳尊盈

晚出府舍與獨孤兵曹令狐士曹南尋朱雀街歸里第

分曹幸同簡聯騎方愜素還從廣陌歸不覺青山暮翻翻鳥未没杳杳鐘猶度尋草遠無人望山多枉路聊參世士跡嘗得靜者顧出入雖見牽忘身緣所一作明晤

休暇東齋

由來束帶士請謁無朝暮公暇及私身何能獨閑步摘葉愛芳在捫竹怜粉汚岸幘偃東齋夏天清曉露懷仙閲眞誥貽友題幽素榮達頗知疎恬然自成度緑苔日已滿幽寂誰來顧

夜直省中

河漢有秋意南宫生早凉玉漏殊杳杳雲闕更蒼蒼華燈發新燄輕一作爐煙浮夕香顧跡知爲忝束帶愧周行

郡内閑居

棲息絶塵侶孱鈍得自怡腰懸竹使符心與(一作如)廬山緇永日一酣寢起坐兀無思長廊獨看雨衆藥發幽姿今夕已云罷明晨復如斯何事能爲累寵辱豈要辭

燕居即事

蕭條竹林院風雨叢蘭折幽鳥林上啼青苔人跡絶燕居日已永夏木紛成結几閣積羣書時來北窗閱

幽居

貴賤雖異等出門皆有營獨無外物牽遂此幽居情微雨夜來過不知春草生青山忽已曙鳥雀繞舍鳴時與道人偶或隨樵者行自當安蹇劣(一作拙)誰謂薄世榮

野居書情

世事日可見身名良蹉跎尚瞻白雲嶺聊作負薪歌

郊居言志

負暄衡門下望雲歸遠山但要尊中物餘事豈相關交無是非責且得任疎頑日夕臨清澗逍遥思慮閑出去唯空屋弊簣委窗間何異林棲鳥戀此復來還世榮斯獨已頽志(一作思)亦何攀唯當歲豐熟閭里一歡顔

夏景端居即事

北齋有涼氣嘉樹對層城重門永日掩清池夏雲生遇此庭訟簡始聞蟬初鳴逾懷故園愴默默以緘情

始至郡

湓城古雄郡（一作鎮）橫江千里馳高樹上迢遰峻堞繞欹危井邑煙火晚郊原草樹滋洪流蕩（一作薄）北阯崇嶺鬱南圻斯民本樂生逃逝竟何爲旱歲屬荒歉舊逋積如坻到郡方逾月終朝理亂絲賓朋未及讌簡牘已云疲昔賢播高風得守愧無施豈待干戈戢且願撫惸嫠

郡中西齋

似與塵境（一作世）絕蕭條齋舍秋寒花獨經雨山禽時到州清觴養眞氣玉書示道流豈將符守戀幸已棲心幽

新理西齋

方將（一作甿）訟理久翳西齋居草木無行次閑暇一芟除春陽土脉起膏澤發生初養條刊朽枿護藥鋤穢（一作荒）蕪稍稍覺林聳歷歷忻竹疏始見庭宇曠頓令煩抱舒茲焉即可愛何必是吾廬

曉坐西齋

鼕鼕城鼓動稍稍林鴉去柳意不勝春巖光已知曙寢齋有單絺（一作茅）靈藥爲朝茹盥漱忻景清焚香澄神慮公門自常事道心寧易（一作異）處

郡齋臥疾絕句

香爐宿火滅蘭燈宵影微秋齋獨臥病誰與覆寒衣

寓居永定精舍（蘇州）

政拙忻罷守閑居初理生家貧何由往夢想在京城野寺霜露月農興羈旅情聊租二頃田方課子弟耕眼暗

文字廢身閑道心精即與人羣遠豈謂是非嬰

永定寺喜辟強夜至

子有新歲慶獨此苦寒歸夜叩竹林寺山行雪滿衣深爐正燃火空齋共掩扉還將一尊對無言百事違

野居

結髮屢辭秩立身本疎慢今得罷守歸幸無世欲患棲止且偏僻嬉遊無早晏逐兔上坡岡捕魚緣赤澗高歌意氣在貰酒貧居慣時啓北窗扉豈將文墨間

同褒子秋齋獨宿

山月皎如燭風霜時動竹夜半鳥驚棲窗間人獨宿

餌黄精

靈藥出西山服食採其根九蒸換凡骨經著上世言候火起中夜馨香滿南軒齋居感衆靈藥術啓妙門自懷物外心豈與俗士論終期脫印綬永與天壤存

昭國里第聽元老師彈琴

竹林高宇霜露清朱絲玉徽多故情暗識啼烏與別鶴秖緣中有斷腸聲

野次聽元昌奏横吹

立馬蓮塘吹横笛微風動柳生水波北人聽罷淚將落南朝曲中怨更多

樓中閱清管

山陽遺韻在林端横吹驚響迴憑高閣出怨繞秋城漸

瀝危葉振蕭瑟涼氣生始遇茲管賞已懷故園情

寒食

晴明寒食好春園百卉開綵繩拂花去輕毬度閣來長歌送落日緩吹逐殘杯非關無燭罷良爲羈思催

七夕

人世拘形迹別去間山川豈意靈仙偶相望亦彌年夕衣清露濕晨駕秋風前臨歡定不住當爲何所牽

九日

今朝把酒復惆悵憶在杜陵田舍時明年九日知何處世難還家未有期

秋夜

暗窗涼葉動秋天（一作齋）寢席單憂人半夜起明月在林端一與清景遇每憶平生歡如何方惻愴披衣露更（一作轉）寒

秋夜一絕

高閣漸凝露涼葉稍飄闈憶在南宮直夜長鐘漏稀

滁城對雪

晨起滿闈雪憶朝閶闔時玉座分曙早金爐上煙遲飄散雲臺下凌亂桂樹姿廁跡鴛鷺末蹈舞豐年期今朝覆山郡寂寞復何爲

雪中

空堂歲已晏密室獨安眠壓篠夜偏積覆閣曉逾妍連山暗古郡驚風散一川此時騎馬出忽省京華年

詠春雪

裴回輕雪意似惜豔陽時不悟風花冷翻令梅柳遲

對春雪

蕭屑杉松聲寂寥寒夜慮州貧人吏稀雪滿山城曙春塘看幽谷栖禽愁未去開閨正亂流寧辨花枝處

對殘燈

獨照碧窗久欲隨寒燼滅幽人將遽眠解帶翻成結

對芳尊

對芳尊醉來百事何足論遥見青山始一醒欲著接離還復昏

夜對流螢作

月暗竹亭幽螢光拂席流還思故園夜更度一年秋自愜觀書興何慙秉燭遊府中徒冉冉明發好歸休

對新篁

新緑苞初解嫩氣筍猶香含露漸舒葉抽叢稍自長清晨止亭下獨愛此幽篁

夏花明

夏條緑已密朱蕚綴明鮮炎炎日正午灼灼火俱燃翻風適自亂照水復成妍歸視窗間字熒煌滿眼前

對萱草

何人樹萱草對此郡齋幽本是忘憂物今夕(一作日)重生憂叢疎露始滴芳餘蝶尚留還思杜陵圃離披風雨秋

見紫荊花

雜英紛已積含芳獨暮春還如故園樹忽憶故園人

翫螢火

時節變衰草物色近新秋度月影纔斂繞竹光復流

對雜花

朝紅爭景新（一作鮮）夕素含露翻妍姿如有意流芳復滿園單棲守遠郡永日掩重門不與花爲偶終遣與誰言

種藥

好讀神農書多識藥草名持縑購山客移蒔羅衆英不改幽澗色宛如此地生汲井既蒙澤插援亦扶傾陰穎夕房斂陽條夏花明悅翫從茲始日夕繞庭行州民自寡訟養閑非政成

西澗種柳

宰邑乖所願僶俛愧昔人聊將休暇日種柳西澗濵置鍤息微倦臨流睇歸雲封壤自人力生條在陽（一作王）春成陰豈自取爲茂屬佗辰延詠留佳賞山水變夕曛

種瓜

率性方鹵莽理生尤自踈今年學種瓜園圃多荒蕪衆草同雨露新苗獨翳如直以春窘迫過時不得鋤田家笑枉費日夕轉空虛信非吾儕事且讀古人書

喜園中茶生

潔性不可汙爲飲滌塵煩此物信靈味本自出山原聊

因理郡餘率爾植荒園喜隨衆草長得與幽人言

移海榴

葉有苦寒色山中霜霰多雖此蒙陽景移根意如何

郡齋移杉

擢幹方數尺幽姿已蒼然結根西山寺來植郡齋前新含野露氣稍靜高窗眠雖爲賞心遇豈有巖中緣

花徑

山花夾徑幽古甃生苔澀胡牀理事餘玉琴承露濕朝與詩人賞夜攜禪客入自是塵外蹤無令吏趨急

慈恩寺南池秋荷詠

對殿含涼氣裁規覆清沼衰紅受露多餘馥依人少蕭蕭遠塵跡颯颯凌秋曉節謝客來稀迴塘方獨遶

題桐葉

參差剪綠綺瀟灑覆瓊柯憶在灃東寺偏書此葉多

題石橋

遠學臨海嶠橫此莓苔石郡齋三四峰如有靈仙(一作山)跡方愁暮雲滑始照寒池碧自與幽人期逍遥竟朝夕

池上

郡中臥病久池上一來賒榆柳飄枯葉風雨倒橫查

滁州西澗

獨憐幽(一作芳)草澗邊生(一作行)上有黃鸝深樹(一作處)鳴春潮帶雨晚來急野渡無人舟自橫

西塞山

勢從千里奔直入江中斷嵐橫秋塞雄地束驚流滿

山耕叟

蕭蕭垂白髮默默詎知情獨放寒林燒多尋虎跡行暮歸何處宿來此空山耕

上方僧

見月出東山上方高處禪空林無宿火獨夜汲寒泉不下藍溪寺今年（一作來）三十年

煙際鐘

隱隱起何處迢迢送落暉蒼茫隨思遠蕭散逐（一作入）煙微秋野寂云（一作方）晦望山僧獨歸

始聞夏蟬

徂夏暑未晏蟬鳴景已曛一聽知何處高樹但侵雲響悲遇衰齒節謝屬離羣還憶郊園日獨向澗中聞

射雉

走馬上東岡朝日照野田野田雙雉起翻射斗迴鞭雖無百發中聊取一笑妍羽分繡臆碎頭（一作頸）弛錦鞘懸方將悅羈旅非關學少年弢弓一長嘯憶在灞城阡

夜聞獨鳥啼

失侶度山覓投林舍北啼今將獨夜意偏知對影栖

述園鹿

野性本難畜翫習亦逾年麑班始力直麚角已蒼然仰

首嚼園柳俯身飲清泉見人若閑暇蹷起忽低騫茲獸有高貌凡類寧比肩不得遊山澤跼促誠可憐

聞鴈

故園眇何處歸思方悠哉淮南秋雨夜高齋聞鴈來

子規啼

高林滴露夏夜清南山子規啼一聲鄰家孀婦抱兒泣我獨展轉何時明（一作為情）

始建射侯

男子本懸弧有志在四方虎竹忝明命熊侯始張皇賓登時事畢諸將備戎裝星飛的屢破鼓譟武更揚曾習鄒魯學亦陪鴛鷺翔一朝願投筆世難激中腸

仙人祠

蒼岑古仙子清廟閟華容千載去寥廓白雲遺舊蹤歸來灞陵上猶見最高峰

鷓鴣啼（一作李嶠詩）

可憐鷓鴣飛飛向樹南枝南枝日照暖北枝霜露滋露滋不堪棲使我夜常啼願逢雲中鶴銜我向寥廓願作城上烏一年生九雛何不舊巢住枝弱不得（一作若）去何意道苦辛客子常畏人

卷九

長安道

漢家宮殿含雲煙兩宮十里相連延晨霞出沒弄丹闕春雨依微自甘泉春雨依依微春尚早長安貴遊愛芳草寶馬横來下建章香車却轉避馳道貴遊誰最貴衛霍世難比何能蒙主恩幸遇邊塵起歸來甲第拱皇居朱門峩峩臨九衢中有流蘇合歡之寶帳一百二十鳳凰羅列含明珠下有錦鋪翠被之粲爛博山吐香五雲散麗人綺閣情飄颻頭上鴛釵雙翠翹低鬟曳袖迴春雪聚黛一聲愁碧霄山珍海錯棄藩籬烹犢炰羔如折葵旣請列侯封部曲還將金印授廬兒歡榮一作容若此何所苦但苦白日西南馳

行路難一作連環歌

荆山之白玉兮良工琱琢雙環連月蝕中央鏡心穿故人贈妾初相結恩在環中尋不絶人情厚薄苦須臾昔似連環今似玦連環可碎不可離如何物在人自移上客勿遽歡聽妾歌路難旁人見環環可憐不知中有長恨端

横塘行

妾家住横塘夫壻郗家郎玉盤的歷雙白魚寶簟玲瓏透象牀象牀可寢魚可食不知郎意何南北岸上種蓮

豈得生池中種槿豈得成丈夫一去花落樹妾獨夜長心未平

貴遊行

漢帝外家子恩澤少封侯垂楊拂白馬曉日上青樓上有顏如玉高情世一作非無儔輕裾含碧煙窈窕似雲浮良時無還景促節爲我謳忽聞豔陽曲四坐亦已柔賓友仰稱歎一生何所求平明擊鍾食入夜樂未休風雨愆歲候兵戎横九州焉知坐上客草草心所憂

酒肆行

豪家沽酒長安陌一旦起樓高百尺碧疏玲瓏含春風銀題彩幟邀上客迴瞻丹鳳闕直視樂遊苑四方稱賞

名已高五陵車馬無近遠晴景悠揚三月天桃花飄俎柳垂筵繁絲急管一時合他壚鄰肆何寂然主人無厭且專利百斛須臾一壺一作囊費初醲後薄爲大偷飲者知名不知味深門潛醞客來稀終歲醇醲味不移長安酒徒空擾擾路傍過去那得知

相逢行

二十登漢朝英聲邁今古適從東方來又欲謁明主猶酣新豐酒尚帶灞陵雨邂逅兩相逢別來問一作間寒暑寧知白日晚暫向花間語忽聞長樂鐘走馬東西去

烏引鶵

日出照東城春烏鵶鵶鶵和鳴鶵和鳴羽猶短巢在深

林春正寒引飛欲集東城暖羣雛䙰褷睥睨高舉翅不及墜蓬蒿雄雌來去飛又引音聲上下懼鷹隼引雛烏爾心急急將何如何得比日搜索雀卵啗爾雛

鳶奪巢

野鵲野鵲巢林梢鴟鳶恃力奪鵲巢吞鵲之肝啄鵲腦竊食偷居還自保鳳凰五色百鳥尊知鳶爲害何不言霜鸇野鶻得殘肉同啄羶腥不肯逐可憐百鳥紛縱橫雖有深林何處宿

鷰啣泥

啣泥燕聲嘍嘍尾涎涎秋去何所歸春來復相見豈不解決絕高飛碧雲裏何爲地上啣泥滓啣泥雖賤意有營杏梁朝日巢欲成不見百鳥畏人林野宿翻遭網羅俎其肉未若啣泥入華屋燕啣泥百鳥之智莫與齊

鼙鼓行

淮海生雲暮慘澹廣陵城頭鼙鼓暗寒聲坎坎風動邊忽似孤城萬里絕四望無人煙又如虜騎截遼水胡馬不食仰朔天座中亦有燕趙士聞鼙不語客心死何況鰥孤火絕無晨炊獨婦夜泣官有期

古劍行

千年土中兩刃鐵土蝕不入金星滅沉沉青脊鱗甲滿蛟龍無足蛇尾斷忽欲飛動中有靈豪士得之敵國寶仇家舉意半夜鳴小兒女子不可近龍蛇變化此中隱

夏雲奔走雷闐闐恐成霹靂飛上天

金谷園歌

石氏滅金谷園中水流絶當時豪右爭驕侈錦爲步障四十里東風吹花雪滿川紫氣凝閣朝景妍洛陽陌上人迴首絲竹飄飖入青天晉武平吳恣歡燕餘風靡靡朝廷變嗣世衰微誰肯憂二十四友日日空追遊追遊詎可足共惜年華促禍端一發埋恨長百草無情春自緑

溫泉行

出身天寶今年幾頑鈍如鎚一作鉛命如紙作官不了却來歸還是杜陵一男子北風慘慘投溫泉忽憶先皇遊幸

年身騎廐馬引天仗直入華清列御前玉林瑤雪滿寒山上昇玄閣遊絳煙平明羽衛朝萬國車馬合沓溢四鄽蒙恩每浴華池水扈獵不蹂渭北田朝廷無事共歡燕美人絲管從九天一朝鑄鼎降龍馭小臣髯絶不得去今來蕭瑟一作索萬井空唯見蒼山起煙霧可憐蹭蹬失風波仰天大叫無奈何弊裘羸馬凍欲死賴遇主人杯酒多

學仙二首

昔有道士求神仙靈眞下試心確然千金巨石一髮懸臥之石下十三年存道忘身一試過名奏玉皇乃升天雲氣冉冉漸不見留語弟子但精堅

石上鑿井欲到水惰心一起中路止豈不見古來三人俱弟兄結茅深山讀仙經上有青冥倚天之絶壁下有颼飀萬壑之松聲仙人變化爲白鹿二弟翫之兄誦讀讀多七過可乞言爲子心精得神仙可憐二弟仰天泣一失毫釐千萬年

廣陵行

雄藩鎮楚郊地勢鬱岧嶢雙旌擁萬戟中有霍嫖姚海雲助兵氣寶貨益軍饒嚴城動寒角晩騎踏霜橋翕習英豪集振奮士卒驍列郡何足數趨拜等卑寮日晏方云罷人逸馬蕭蕭忽如京洛間遊子風塵飄歸來視寶劍功名豈一朝

萼綠華歌

有一人兮昇紫霞書名玉牒兮萼綠華仙容矯矯兮雜瑶珮輕衣重重兮蒙絳紗雲雨愁思兮望淮海鼓吹蕭條兮駕龍車世淫濁兮不可降胡不來兮玉斧家

王母歌 一作玉女歌

衆仙翼神母羽蓋隨雲起上遊玄極杳冥中下看東海一盃水海畔種桃經幾時千年開花千年子玉顔眇眇何處尋世上茫茫人自死

馬明生遇神女歌

學仙貴功亦貴精神女變化感馬生石壁千尋啓雙檢中有玉堂一作牀鋪玉簟立之一隅不與言玉體安隱三日

眠馬生一立（一作粒）心轉堅知其丹白蒙哀憐安期先生來起居請示金鐺玉佩天皇書神女呵責不合見仙子謝過手足戰大瓜玄棗冷如冰海上摘來朝霞凝賜仙復坐對食訖頷之使去隨煙升（一作使隨玄煙升）乃言馬生合不死少姑敎勅令付爾安期再拜將生出一授素書天地畢

石鼓歌

周宣大獵兮岐之陽刻石表功兮煒煌煌石如鼓形數止十風雨缺訛苔蘚澀今人濡紙脫其文既擊既埽白黑分忽開滿卷不可識驚潛動蟄走云云喘逶迤相糾錯乃是宣王之臣史籀作一書遺此天地間精意長存世冥寞秦家祖龍還刻石碣石之罘李斯跡世人好古猶共（一作法）傳持來比此殊懸隔

寶觀主白鸜鵒歌

鸜鵒鸜鵒衆皆如漆爾獨如玉鸜之鵒之衆皆蓬蒿下爾自三山來（叶音黎）三山處子下人間綽約不妝冰雪顏仙鳥隨飛來掌上來掌上時拂拭人心鳥意自無猜玉指霜毛本同色有時一去凌蒼蒼朝遊汗漫暮玉堂巫峽雨中飛暫濕杏花林裏過來香日夕依仁全羽翼空欲銜環非報德豈不及阿母之家青鳥兒漢宮來往傳消息

彈棊歌

圓天方地局二十四氣子劉生絕藝難對曹客爲歌其

能請從中央起中央轉鬭破欲闌零落勢背誰能彈此

中擧一得六七旋風忽散霹靂疾履機乘變安可當置

之死地翻取強不見短兵反掌收已盡唯有猛士守四

方四方又何難横擊且緣邊豈如昆明與碣石一箭飛

中隔遠天神安志愜動十全滿堂驚視誰得然

卷十

聽鶯曲

東方欲曙花冥冥啼鶯相喚亦可聽乍去乍來時近遠纔聞南陌又東城忽似上林翻下苑綿綿蠻蠻如有情欲囀不囀意自嬌羌兒弄笛曲未調前聲後聲不相及秦女學箏指猶澀須臾風暖朝日暾流音變作百鳥喧誰家懶婦驚殘夢何處愁人憶故園伯勞飛過聲跼促戴勝下時桑田緑不及流鶯日日啼花間能使萬家春意閑有時斷續聽不了飛去花枝猶裊裊還棲碧樹鏁千門春漏方殘一聲曉

白沙亭逢吴叟歌

龍池宫裏上皇時羅衫寶帶香風吹滿朝豪士今已盡欲話舊遊人不知白沙亭上逢吴叟愛客脱衣且沽酒問之執戟亦先朝零落艱難却負樵親觀文物蒙雨露見我昔年侍丹霄冬狩春祠無一事歡遊洽宴多頒賜嘗陪月夕竹宫齋每返温泉灞陵醉星歳再周十二辰爾來不語今爲君盛時忽去良可恨一生坎壈何足云

送褚校書歸舊山歌

握珠不返泉匣玉不歸山明皇重士亦如此忽怪褚生何得還方稱羽獵賦未拜蘭臺職漢箧亡書已暗傳嵩丘遺簡還能識朝朝待詔青鏁闈中有萬年之樹蓬萊

池世人仰望棲此地生獨徘徊意何爲故山可往薇可採一自人間星歲改藏書壁中苔半侵洗藥泉中月還在春風飲餞灞陵原莫厭歸來朝市喧不見東方朔避世從容金馬門

五弦行

美人爲我彈五絃塵埃忽靜心悄然古刀幽磬初相觸千珠貫斷落寒玉中曲又不喧徘徊夜長月當軒如伴風流縈豔雪更逐落花飄御園獨鳳寥寥有時隱碧霄來下聽還近燕姬有恨楚客愁言之不盡聲能盡末曲感我情解幽釋結和樂生壯士有仇未得報拔劍欲去憤已平夜寒酒多愁遽明

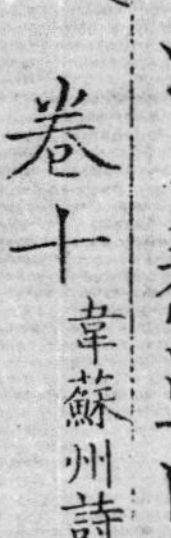

驪山行

君不見開元至化垂衣裳厭坐明堂朝萬方訪道靈山降聖祖沐浴華池集百祥千乘萬騎被原野雲霞草木相輝（一作生）光禁仗圍山曉霜切離宮積翠夜漏長玉堦寂歷朝無事碧樹萎蕤寒更芳三清小鳥傳仙語九華眞人奉瓊漿下元昧爽漏（一作編）恒秩登山朝禮玄元室翠華稍隱天半雲丹閣光明海中日羽旗旄節憩瑤臺清絲妙管從空來萬井九衢皆仰望彩雲白鶴方徘徊憑高覽古（或作一望）嗟寰宇造化茫茫思悠哉秦川八水長繚繞漢氏五陵空崔嵬乃言聖祖奉丹經以年爲日億萬齡蒼生咸壽陰陽泰高謝前王出塵外英豪共理天下晏戎

夷讋伏兵無戰時豐賦斂未告勞海闊珍奇亦來獻干戈一起文武乖歡娛已極人事變聖皇弓劍墜幽泉古木蒼山閉宮殿纘承鴻業聖明君威震六合驅妖氛太平遊幸今可待湯泉嵐嶺還氛氲

漢武帝雜歌三首

漢武好神仙黃金作臺與天近王母摘桃海上還感之西過聊問訊欲來不來夜未央殿前青鳥先迴翔綠鬟縈雲裾曳霧雙節飄颻下仙步白日分明到世間碧空何處來時路玉盤捧桃將獻君踟躕未去留彩雲海水桑田幾翻覆中間此桃四五熟可憐穆滿瑤池燕正值花開不得薦花開子熟安可期邂逅能當漢武時顔如芳華潔如玉心念我皇多嗜欲雖留桃核桃有靈人間糞土種不生由來在道(一作德)豈在藥徒勞方士海上行掩扇一言相謝去如煙非煙不知處

金莖孤峙兮凌紫煙漢宮美人望杳然通天臺上月初出承露盤中珠正圓珠可飲壽可永武皇南面曙欲分從空下來玉杯冷世間綵翠亦作囊八月一日仙人方仙方稱上藥靜者服之常綽約柏梁沈飲自傷神猶聞駐顏七十春乃知甘醲皆是腐腸物獨有淡泊之水能益人千載金盤竟何處當時鑄金恐不固蔓草生來春復秋碧天何言空墜露

漢天子觀風自南國浮舟大江屹不前蛟龍索鬪風波

黑春秋方壯雄武才彎弧叱浪連山開愕然觀者千萬
衆舉麾齊呼一矢中死蛟浮出不復靈舳艫千里江水
清鼓鼙餘響數日在天吳深入魚鼈驚左有佽飛落霜
翮右有孤兒貫犀革何爲臨深親射蛟示威以奪諸侯
魄威可畏皇可尊平田校獵書猶陳此日從臣何不言
獨有威聲振千古君不見後嗣尊爲武

椶櫚蠅拂歌

椶櫚爲拂登君席青蠅掩（一作撩）亂飛四壁文如輕羅散如
髮馬尾犛牛不能絜柄出湘江之竹碧玉寒上有纖羅
縈縷尋未絕左揮右灑繁暑清孤松一枝風有聲麗人
紈素可憐色安能點白還爲黑

信州錄事參軍常曾古鼎歌

三年糾一郡獨飲寒泉井江南鑄器多鑄銀罷官無物
唯古鼎彫螭（一作虫）刻篆相錯盤地中歲久青苔寒左對蒼
山右流水云有古來葛仙子葛仙埋之何不還耕者鎗
然得其間持示世人不知寶勸君鍊丹永壽考

夏冰歌

出自玄泉杳杳之深井汲在朱明赫赫之炎辰九天含
露未銷鑠閶闔初開賜貴人碎如墜瓊方截璐粉壁生
寒象筵布玉壺紈扇亦玲瓏座有麗人色俱素咫尺炎
涼變四時出門焦灼君詎知肥羊甘醴心悶悶飲此瑩
然何所思當念闌干鑿者苦臘月深井汗如雨

黿頭山神女歌

黿頭之山直上洞庭連青天蒼蒼煙樹閉古廟中有蛾眉成水仙水府沈沈行路絶蛟龍出沒無時節魂同魍魎潛太陰身與空山長不滅東晉永和今幾代雲髮素顔猶盼睞陰一作沈深靈氣靜凝美的皪龍綃雜瓊珮山精木魅不敢親昏明想像如有人蕙蘭瓊芳積煙露碧窗松月無冬春舟客經過奠椒醑巫女南音歌激楚碧水冥空惟一作見鳥飛長天何處雲隨雨紅葉綠蘋芳意多玉靈蕩漾凌清波孤峰絶島儼相向鬼嘯猿啼垂女蘿皓雪瓊枝殊異色北方絶代徒傾國雲沒煙銷不可期明堂翡翠無人得精靈變態狀無方游龍宛轉驚鴻翔湘妃獨立九疑暮漢女菱歌春日長始知仙事無不有可惜吳宮空白首

寇季膺古刀歌

古刀寒鋒青檝檝少年交結平陵客求之時一作年代不可知千痕萬穴如星離重疊泥沙更剥落縱横鱗甲相參差古物有靈知所適貂裘拂之横廣席陰森白日掩雲虹錯落池光動金碧知君寶此誇絶代求之不得心常愛厭見今時繞指柔片鋒折刃猶堪佩高山成谷蒼海塡英豪埋沒誰所捐吳鉤斷馬不知處幾度煙塵今獨全夜光投人人不畏知君獨識精靈器酹恩結思心自知死生好惡不相棄白虎司秋金氣清高天寥落雲崢

嶸月肅風淒古堂淨精芒切切如有聲何不跨蓬萊斬長鯨世人所好殊遼闊千金買鉛徒一割

凌霧行

秋城海霧重職事凌晨出浩浩合元天溶溶迷朗（一作朝）日纔看含鬢白稍視（一作似）霑衣密道騎全不分郊樹都如失霏微誤噓吸膚膝生寒慄歸當飲一杯庶用蠲斯疾

樂燕行

良辰且燕樂樂往不再來趙瑟正高張音響清塵埃一彈和妙謳吹去繞瑶臺豔雪凌空散舞羅起徘徊輝輝發衆顏灼灼歎令才當喧既無寂中飲亦停杯華燈何遽升馳景忽西頹高節亦云立安能滯不迴

采玉行

官府徵白丁言采藍谿玉絶嶺夜無家深榛雨中宿獨婦餉糧還哀哀（一作思荒）舍南哭

難言

掬土移山望山盡（一作還）投石填海望海滿持索捕風幾時得將刀斫水幾時斷未若不相知中心萬仞何由款

易言

洪爐熾炭燎一毛大鼎炊湯沃殘雪疾影隨形不覺至千鈞引縷不知絶未若同心言一言和同解千結

三臺二首（按樂苑唐天寶中羽調曲有三臺又有急三臺）

一年一年老去明日後日花開未報長安平定萬國豈

得銜杯

冰泮寒塘始綠雨餘百草皆生朝來門閤無事晚下高齋有情

上皇三臺

不寐倦長更披衣出户行月寒秋竹冷風切夜窗聲

答暢參軍

秉筆振芳步少年且吏遊官閑高興生夜直河漢秋念與清賞遇方抱沈疾憂嘉言忽見贈良藥同所瘳高樹起栖鴉晨鐘滿皇州凄清露華動曠朗景氣浮偶宦心非累處喧道自幽空虛爲世薄子獨意綢繆

南池宴錢子辛賦得科斗

臨池見科斗美爾樂有餘不憂網與鈎幸得免爲魚且願充文字登君尺素書

詠徐正字畫青蠅

誤點能成物迷眞許一時筆端來已久座上去何遲顧白曾無變聽雞不復疑詎勞才子賞爲入國人詩

虞獲子鹿 并序

虞獲子鹿憫園鹿也遭虞之機張見畜于人不得遂其天性焉

虞獲子鹿畜之城陬園有美草池有清流但見麑麑亦聞呦呦誰知其思巖谷云（一作之）游

陪王郎中尋孔徵君

俗吏閑居少同人會面難偶隨香署客來訪竹林歡暮館花微落春城雨暫寒甕間聊共酌莫使宦情闌

送宮人入道

捨寵求仙畏色衰辭天素面立天墀金丹擬駐千年貌寶鏡休匀八字眉公主與收珠翠後君王看戴角冠時從來宮女皆相妒說著瑶臺總淚垂

和晉陵陸丞早春遊望一作杜審言詩

獨有宦遊人偏驚物候新雲霞出海曙梅柳渡江春淑氣催黄鳥晴光照緑蘋忽聞歌苦調歸思欲霑巾

九日

一爲吴郡守不覺菊花開始有故園思且喜衆賓來

圖書在版編目（CIP）數據

韋蘇州詩集 /（唐）韋應物著. -- 揚州 : 廣陵書社,
2014.2
ISBN 978-7-5554-0088-2

Ⅰ. ①韋… Ⅱ. ①韋… Ⅲ. ①唐詩一詩集 Ⅳ.
①I222.742

中國版本圖書館CIP數據核字(2014)第031052號

韋蘇州詩集

著者 （唐）韋應物
責任編輯 王志娟
出版人 曾學文
出版發行 廣陵書社
社址 揚州市維揚路三四九號
郵編 二二五〇〇九
電話 （〇五一四）八五二二八〇八八 八五二二八〇八九
印刷 揚州文津閣古籍印務有限公司
版次 二〇一四年二月第一版第一次印刷
標準書號 ISBN 978-7-5554-0088-2
定價 叁佰圓整（全貳册）

http://www.yzglpub.com E-mail:yzglss@163.com